निरंकुश प्रवाह

शशि बोलिया

Invincible Publishers

First published in India in 2018

ISBN: 978-93-87328-29-7

Invincible Publishers

G-120, Sushant Lok III, Sector 57, Gurgaon-122002

Registered Address: Opposite Kasturba Ashram, Radaur, Haryana - 135133

Thank you Pitaji

यह पुस्तक मैं अपने पिताजी आदरणीय श्री ताराचन्द जी जैन को समर्पित कर रही हूँ। जिनके द्वारा साहित्यिक अभिरूचि मुझे विरासत में मिली है।

-शशि

आत्मकथ्य

वर्षों से उद्वेलित व आक्रोशित मन, जब मन में भरे हुए आक्रोश व घुटन को व्यक्त करने के लिए व्यग्र व विवश हो उठता है तो एक लेखिका अथवा लेखक का जन्म होता है। कागज कलम हाथ में आ जाते हैं और जन्म होता है एक कविता या कहानी का।

मेरी यह पुस्तक संक्षिप्त कथाओं व कविताओं का संकलन है। यह मेरा प्रथम प्रयास है। इसमें मैंने नवीन प्रयोग किया है कि समान विषय पर एक कहानी एवं एक कविता तत्पश्चात् अन्य समान विषय पर एक कहानी व एक कविता हो। सामान्य मानवीय भावनाएं, सुख–दुख, सामाजिक समस्याएं व मुख्यतः स्त्रियों पर हो रहे अत्याचार मेरे प्रिय विषय हैं, जिसने मेरे हृदय को सदा झकझोरा है।

भावनाओं, विचारों व आक्रोश के मंथन स्वरूप निकला नवनीत है, मेरा यह संकलन **"निरंकुश प्रवाह"**।

-शशि बोलिया

अनुक्रम

खुशियों का खाता

उफ्फ..... कितनी गर्मी है। होठों में बुदबुदाते हुए दिनकर जी ने पंखे की गति बढ़ा दी। थोड़ी देर बरामदे में चहल–कदमी करके कुर्सी में बिराजमान हो गए। अनमने भाव से दो बार पढ़े हुए समाचार पत्र को पुनः उठा लिया। सरसरी निगाह डालकर, उकता कर वापस रख दिया।

आँखे बन्द करके अतीत का पुनरावलोकन करने लगे। उच्च माध्यमिक विद्यालय के प्राचार्य थे। स्कूल व घर दोनों जगह उनका दबदबा था। कठोर अनुशासन के हिमायती। पत्नि पर भी पूरा रौब रखते थे। सेवानिवृत्ति के दो वर्ष पश्चात् ही पत्नि की ह्रदयाघात से आकस्मिक मृत्यु हो गई। बेचारी जीवित थी, तब तो उसे कोई आत्मिक सुख नहीं दिया। अब उसकी अनुपस्थिति में उसकी उपस्थिति की कीमत समझ में आ रही है। सोचने लगे, ''काश समयचक्र पुनः विपरीत दिशा में घूम जाए तो राधा (दिवाकर जी की पत्नी) को खूब सुख दूँगा।'' लेकिन...? चूंकि रौबीला स्वभाव था इसलिए बच्चों से भी आत्मिक सम्बन्ध नहीं जुड़ पाए। रिश्तों में एक दूरी सी बनी रही। अब स्वयं को बहुत एकाकी महसूस करते हैं। कोटा में थे तो आस–पड़ौस व रिश्तेदारों से कभी–कभार मिल लेते थे। दो महिनें हुए बेटे का तबादला जयपुर हो गया, तब से यहीं रह रहे हैं। बिल्कुल मन नहीं लग रहा है।

विचारों का प्रवाह सामने के मकान में रह रहे एक बुजुर्ग व्यक्ति की ओर प्रवाहित हो गया। कुछ दिनों से दिवाकर जी उन बुजुर्ग की दिनचर्या का अवलोकन कर रहे थे कि वह सुबह सात बजे के आस–पास प्रातः भ्रमण के लिए निकल जाते हैं। वापस आकर नहा धोकर, स्वयं के धुले कपड़े छत पर सुखाते हैं। तत्पश्चात् पूजा–पाठ व जलपान करते होंगे। लगभग ग्यारह बजे के आस–पास कुछ गरीब से दिखनें वाले आठ–दस बच्चे उनके बरामदे में बिछी दरी पर आ बैठते हैं। वो सज्जन बड़े प्यार व मनोयोग से उन बच्चों को पढ़ाते हैं। अंत में सब बच्चों को एक–एक चॉकलेट देकर विदा करते हैं।

सम्भवतः चॉकलेट के लालच में बच्चे भी नियमित रूप से पढ़ने आते हैं। इस सबके दरमियान अमुक सज्जन के चेहरे पर बहुत ही आत्मसंतुष्टि के भाव दिवाकर जी ने देखे हैं।

शाम को वे ही सब बच्चे धमा–चौकड़ी मचाते हुए पुनः आ धमकते हैं और अपने गुरू के साथ पास में ही बने पार्क में खेलनें के लिए चले जाते हैं। उन सज्जन के चेहरे पर हमेशा एक कोमल सी मुस्कान स्थित रहती है। जबकि उनका स्वयं का चेहरा तनाव व विषाद से तना रहता है।

एक दिन सामने वाले सज्जन बच्चों की प्रतीक्षा में बरामदे में बैठे हुए थे। दिवाकर जी कुछ विचार कर उनके पास पहुँच गए। अभिवादन के बाद अपना परिचय दिया। बड़ी शालीनता से उनका स्वागत करते हुए अमुक व्यक्ति ने बताया कि उनका नाम कैलाश माथुर है। लगभग चार वर्ष पूर्व बैंक में कैशियर पद से सेवानिवृत्त हुए थे। तीन वर्ष पूर्व पत्नि का देहांत हो गया था।

दिवाकर जी के मन में उथल–पुथल मची हुई थी। आखिर अपनी जिज्ञासा शान्त करने हेतु पूछ ही लिया कि "मैं कई दिनों से देख रहा हूँ कि आप भी मेरे हम उम्र हैं और अपनी जिंदगी से बहुत ही खुश व संतुष्ट हैं। जबकि मेरे साथ ऐसा नहीं है। मैं इसका राज जानना चाहता हूँ।"

कैलाश जी के चेहरे पर निःश्छल मुस्कान तैर गई। बोले, दिवाकर साहब, जिन्दगी सभी को समान रूप से खुशियाँ व दुःख बाँटती है। अब यह तो आप पर निर्भर करता है कि आप इसमें से किसे संजोकर रखते हैं। व किसे अपने आपसे दूर रखते हैं। दिवाकर जी कुछ असमंजस के भाव से उन्हें घूरते रहे। कैलाश जी बोले "मैं आपको समझाता हूँ। मैं बैंक में कैशियर था। प्रतिदिन ग्राहकों की धनराशि जमा करता व लौटाता था। मैनें अपना भी एक खाता खोल दिया। बैंक में नहीं, अपने मन में। जहाँ जिन्दगी में मिलने वाली सभी

छोटी–बड़ी खुशियों को जमा करता गया व दुःखों को एक काल्पनिक कचरापात्र में डालता गया। इस तरह सेवानिवृत्ति तक मेरे पास खुशियों की भारी धनराशि जमा हो गई। दुख तो जीवन पर्यन्त आते रहते हैं। लेकिन मैं विचलित नहीं होता। दुःख, उदासी व एकाकीपन के समय मैं अपने खुशियों के खाते में से कुछ खुशी के पल निकाल कर उनमे खो जाता हूँ। इस तरह दुःख व उदासी को अपने ऊपर हावी नहीं होने देता। इन गरीब बच्चों की खुशी, हँसी भी मुझे तरोताजा रखती हैं।''

दिवाकर जी आश्चर्यचकित से कैलाश जी की बातें सुन रहे थे व सोच रहे थे कि ''क्या यह भी जीवन जीने का तरीका हो सकता है'' फिर मन ही मन कुछ निश्चय करके बोले, ''कैलाश जी कल से मैं भी आपके साथ प्रातः भ्रमण के लिए चलूँगा। बच्चों को पढ़ाऊंगा व उनके साथ खेलूँगा भी। कृपा करके मना मत करना।'' कैलाश जी हँस पड़े। ''अरे भाई! एक से भले दो।''

कुछ दिनों पश्चात् स्वयं दिवाकर जी व उनके परिवारजनों ने दिवाकर जी में एक सुखद परिवर्तन महसूस किया। अब दिवाकर जी पहले की अपेक्षा अधिक खुश व स्वस्थ रहने लगे हैं।

शशि बोलिया

जिन्दगी

बहुत छोटा सा शब्द है, जिन्दगी
मगर अथाह गहरा शब्द है, जिन्दगी
जीवन का मात्र आरम्भ या अन्त नहीं
एक अनसुलझी पहेली है, जिन्दगी

कभी बचपन सी पावस बयार,
कभी लू का अंगार है, जिन्दगी
है कभी मदहोश जवानी, कभी बुढ़ापे सी लाचार
मानो तो बसंत है, अन्यथा तूफानी ज्वार है, ज़िन्दगी

उलझे हुए रिश्तों को सुलझाने का
कभी अथक प्रयास है, जिन्दगी
मरते हुए एहसासों का
मात्र एक जीवित एहसास है जिन्दगी

रिश्तों की भीड़ में खुद एक रिश्ता है जिन्दगी,
चाहे अनचाहे, जिसे निभाना ही है
कभी हँसकर, कभी रोकर
चाहे मजबूरी, चाहे सौगत समझकर

कभी अपनों, कभी परायों, कभी खुद से
लड़ने का जंग–ए–मैदान है जिन्दगी
जी सको तो भरपूर जियो
ईश्वर प्रदत्त, अनुपम उपहार है जिन्दगी

बहिष्कार

मोहल्ले में खलबली सी मची हुई थी। शर्मा जी की बड़ी बेटी स्वाति का शाम से ही कुछ अता–पता नहीं है। रात के नौ बज चुके हैं। पड़ौस में, सहेलियों व रिश्तेदारों, सभी जगह मालूम कर लिया, लेकिन निराशा ही हाथ लगी। घर में सबका रो–रोकर बुरा हाल था। शुभचिंतकों ने राय दी, ''शर्मा जी थानें में रिपोर्ट दर्ज करवा दो'' लेकिन माँ–बाप का मन नहीं माना। लड़की जात है, बात का बतंगड़ बन जाएगा। वैसे ही जितने मुँह उतनी बातें हो रही हैं.... ''अरे! किसी के साथ भाग गई होगी.... भई! आजकल पढ़ाई का बहुत तनाव हो गया है, कल स्वाति का परीक्षा–परिणाम भी आने वाला है, कहीं किसी तालाब वगैरह में तो.....? सुन–सुन कर परिवारजनों का दिल बैठा जा रहा था।

जैसे–तैसे रात कटी। दूसरे दिन तड़के, बदहवास हालत में, दुपट्टे से शरीर को अधिकाधिक ढ़कने का प्रयास करती हुई, लड़खड़ाती हुई, स्वाति घर में दाखिल हुई। छोटी बहिन रीति ने जैसे ही उसे देखा, उसके मुँह से चीख निकल गई। चीख सुनकर सब घर वाले दौड़कर बाहर आए। स्वाति को सहारा देकर अंदर ले गए।

थोड़ा सम्भलने पर स्वाति ने जो बताया, सुनकर सबके होश उड़ गए।

उसने बताया कि ''शाम को जब वह अपनी सहेली के घर से आ रही थी, तब पीछे बसी कच्ची बस्ती के कुछ लड़कों ने उसे खींचकर कार में डाल दिया। वे सब उसे किसी निर्जन स्थान पर ले गए। वहां उसके साथ.... कह कर रोते–रोते उसने घुटनों में मुँह छुपा लिया। सुबह अंधेरे में उसे सड़क पर डाल गए ताकि किसी गाड़ी के नीचे आ जाएगी और सब समझेंगे की दुर्घटना में मौत हो गई है। स्वाति रोते हुए बोली, बदकिस्मती से मैं बच गई और बड़ी मुश्किल से घर पहुँची हूँ।''

थोड़ी देर में जंगल की आग की तरह पूरे मोहल्ले में खबर पहुंच गई कि स्वाति घर आ गई है। धीरे–धीरे सभी पड़ौसी शर्मा जी के घर पहुँच गए। कुशलक्षेम पूछने....? शर्मा जी की पत्नी ने सभी को बताया कि स्वाति का एक्सीडेंट हो गया, रात भर वो सड़क के किनारे बेहोश पड़ी रही, सुबह होश आया तो जैसे–तैसे घर पहुँची है। पर ऐसी बातें छुपती कहाँ हैं, बन्द दरवाजों से भी बाहर आ ही जाती हैं। धीरे–धीरे सबको असलियत मालूम पड़ गई।

सभी लोग व रिश्तेदार प्रत्यक्ष रूप से तो सहानुभूति दिखाते लेकिन परोक्ष रूप से सबने शर्मा जी के परिवार से दूरी बना ली थी। लोग न तो उनके घर आते थे ना ही उन लोगों को अपने घर पर बुलाते थे। दोनों बहिनें भी शर्म के मारे घर से नही निकलती थीं। शर्मा जी के परिवार का अप्रत्यक्ष रूप से सामाजिक बहिष्कार हो चुका था।

एक दिन सबने देखा कि शर्मा जी के घर के सामने एक लोडिंग टेम्पो खड़ा है। उसमें घर का सामान भरा जा रहा है। पता चला कि शर्मा जी ने अपना तबादला अन्य शहर में करवा लिया है, ताकि लोगों की चुभती नज़रों व तानों से स्वयं व परिवारजनों को बचा सकें। आज शर्मा जी को लग रहा था कि ''बलात्कार केवल स्वाति का नहीं, उनके पूरे परिवार का हुआ है.... भावनात्मक बलात्कार!!''

बेबसी

प्रभु–प्रदत्त हर खुशी है, फिर भी,
मन हो जाता है बेचैन, उदास
पढ़ती हूँ जब मैं, नित खबरों में
कन्या–भ्रूण हत्या व मासूम संग बलात्कार

ईश्वर की महान कृति इंसान
क्यों बनता जा रहा हैवान
देख समाज की यह दुर्दशा
हो जाती हूँ, विचलित परेशान

हर नर–नारी की जननी नारी
फिर भी क्यों अबला, बेचारी
झूठी पड़ती सभी धारणा
नारी है लक्ष्मी, देवी अवतारी

कुत्सित मनोवृत्ति का शिकार
भावना शून्य होता इंसान
क्यों करता शर्मिंदा सबको
कहाँ खो गया, मेरा भारत महान

अहिंसक मन, हो उठता है हिंसक
देख दरिन्दों का व्यवहार
होता यदि कुछ मेरे वश में
मैं ही कर देती संहार

या फिर देती ऐसी यातना
सात पीढ़ियाँ, दुष्टों की घबराती
करते ऐसा जघन्य अपराध
हैवानों की भी आत्मा थर्राती

पर, नहीं है मेरे वश में कुछ भी
मैं भी तो बेबस, लाचार
आँसू बन गए हैं, लाचारी
बस है, किसी चमत्कार का इन्तजार

कभी तो प्रकट होंगी दुर्गा माँ
या लेंगे लक्ष्मण अवतार
या पटेल सा कोई नेता होगा
तो होगा लज्जित भारत माँ का उद्धार

अरे! समाज के ठेकेदारों
जागो, कुम्भकर्णी नींद सोने वालों
या डूब मरो चुल्लू भर पानी में
ओ! देश के सुप्त पहरेदारों

रक्षाबन्धन

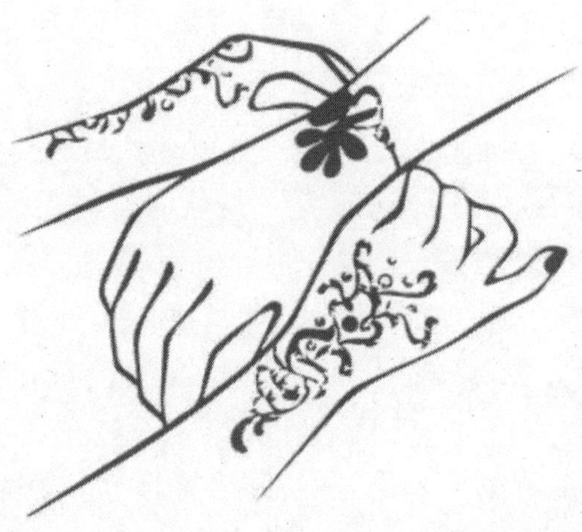

आज रक्षाबन्धन का त्यौहार है। निधि बहुत ही अनमने मन से पीहर जाने के लिए तैयार हो रही है। उसके मन में उथल–पुथल मची हुई है। आँसुओं को उसने आँखों में जबरन रोका हुआ है।

लगभग चार महीने पूर्व उसके पापा का लम्बी बीमारी के बाद देहांत हो गया था। उन्होंने बीमारी के दौरान ही अपनी वसीयत बनवा ली थी व सबको कह दिया था कि उनकी मृत्यु के पश्चात् ही वसीयत को पढ़ा जाए। उनकी मृत्यु के पश्चात् उनके बारहवीं की धूप के दिन उनकी इच्छानुसार वकील ने सबको वसीयत पढ़कर सुनाई थी। उनकी वसीयत के अनुसार उनकी चल व अचल सम्पत्ति को तीन हिस्सों में बांट दिया गया था। एक हिस्सा निधि की मम्मी का था, एक हिस्सा भाई गौरव का तथा तीसरा हिस्सा निधि के नाम कर दिया था।

बस तभी से निधि के भाई–भाभी उससे खिंचे–खिंचे रहते हैं। उनका निधि के प्रति व्यवहार एकदम बदल गया था। निधि ने भारी मन से थैले में राखियाँ, नारियल व मिठाई का डिब्बा रखा व भाई के घर रवाना हो गई।

पीहर पहुँची तो भाई–भाभी ने फीकी सी मुस्कान से उसका स्वागत किया। थोड़ी देर औपचारिक बातों के बाद उसने भाई के राखी बाँध दी। भाई गौरव ने उपहार स्वरूप कुछ रूपये उसके हाथ में रखने चाहे तो निधि ने नम आँखों से भाई के हाथ थाम लिये व बोली ''भैया मुझे यह नहीं चाहिए, और भैया पापा ने उनकी सम्पत्ति में जो मुझे हिस्सा दिया है, वो भी मुझे नहीं चाहिए। वो सब मैं पुनः आपके नाम लिख दूँगी। मुझे तो भैया! बस आपके सुख–दुख में हिस्सा चाहिए। ऐसी ही अपेक्षा मैं आपसे भी रखती हूँ।'' गौरव स्तब्ध या निधि को देखता रह गया। उसने भावातिरेक में निधि को गले लगा लिया। गौरव भरे गले से बोला, ''निधि मुझे माफ कर दे। मैं लालच में अंधा होकर तेरे साथ बुरा व्यवहार कर रहा था। और

हाँ, पापा ने जो तुझे दिया है, वो तेरा ही रहेगा। तेरा अधिकार है। निधि आज मुझे रक्षाबन्धन का असली मतलब समझ आ गया है।" कहते हुए गौरव ने अपने हाथों से निधि के आँसू पौंछ दिये।

निधि की भाभी भी अपने व्यवहार पर संकुचित सी, मुस्कुरा रही थी। माँ अपने बच्चों के बीच मिटती दूरी देखकर नम आँखों से हाथ जोड़कर ईश्वर को धन्यवाद् देते हुए पति की तस्वीर के सामने खड़ी हो गई। मानो वह कह रही हों, "देखो सब ठीक हो गया। खुश हो ना!"

रिश्तों का बंधन, रक्षाबंधन

रक्षाबंधन का त्यौहार
भाई–बहिन का है त्यौहार

रेशमी, सूती रंगीन धागों में
प्यार पिरोति प्यारी बहिना
भाई की आँखों का तारा
बिन बहिना, सूना घर अंगना

दिल में भरकर लाख दुआएँ
भाई के वो बांधे राखी
युग–युग जियो, रहो सदा सुखी
बहिना की यह कहती राखी

राखी नहीं, है ये जिम्मेदारी
तेरे सुख–दुख में है मेरी भागीदारी
कहती भैया की मौन निगाहें
आसान करूंगा, तेरी राहें

शशि बोलिया

जब भी कोई विपदा आएगी

तू साथ खड़ा मुझको पाएगी

मात्र रस्म नहीं है रक्षाबंधन

है रिश्तों का ये स्नेहिल बंधन

विडंबना

बेहद उदास व डबडबाई आँखों से मेघा डूबते हुए सूरज को देख रही थी। उसके मन में विचारों का झंझावत चल रहा था। वह सोच रही थी.... ''उससे कहाँ गलती हो गई?'' लगभग दो वर्ष पूर्व की घटना उसकी आँखों में चलचित्र की भाँति घूमने लगी। उसकी शादी थी। हँसी–खुशी के माहौल में वरमाला की रस्म सम्पन्न हो चुकी थी। वरमाला तक सब कुछ ठीक लग रहा था। लेकिन फेरों के समय वर ने कार की माँग करते हुए फेरों के लिए मंडप में आने से इन्कार कर दिया। मेघा जानती थी, उसकी शादी के लिए पापा ने पहले ही सात लाख रूपये का कर्ज लिया है व एफ.डी. पर भी लोन ले रखा है, अतः वर पक्ष की माँग पूरी करना उनके लिए असंभव है। बहुत समझाने पर भी जब वर पक्ष वाले नहीं माने तो मेघा ने शादी करने से मना कर दिया। माँ–बाप ने मेघा को समझाया बेटा रूको हम कोशिश करेंगे कार देने की, लेकिन मेघा ने कहा ''यह तो इनकी माँग की शुरूआत है, ऐसे लोगों का मन कभी नहीं भरता। शादी के बाद यह और नई माँग रखेंगे, फिर?''

बारात वापस लौट गई। शुरू में तो सभी रिश्तेदारों, मिलने वालों व मीडिया ने भी अखबारों में उसकी भूरि–भूरि प्रशंसा की। मेघा का इंटरव्यू भी छापा। सबने सोचा, कोई न कोई दहेज विरोधी युवक मेघा का हाथ थाम ही लेगा। लेकिन जब धीरे–धीरे मेघा के विवाह में अड़चन आने लगी तो माँ, पापा, छोटी बहिन व रिश्तेदारों ने तानें मारना शुरू कर दिया, ''बड़ी क्रान्तिकारी बनी थी, लो अब भुगतो''। कहीं रिश्तें की बात चलती तो मेघा को विगत घटना की याद दिलाकर तेज–तर्रार घोषित करके रिश्ता ठुकरा दिया जाता।

घर से बाहर निकलती तो मनचले लड़के फब्तियाँ कसते ''हमारे साथ आजा.... एक दम फ्री में..... लाईफ बन जायेगी'' मेघा बिना किसी अपराध के शर्म से जमीन में गड़ जाती, उसके चेहरा का रंग पीला पड़ जाता।

डूबते हुए सूरज को देखकर मेघा का मन भी डूबता जा रहा था। वह सोच रही थी कि ''काश! इस सूरज के साथ वह भी क्षितिज में डूब जाती.... काश!''

मेघा को जीवन नीरस व बोझ प्रतीत होता जा रहा था। वह लोगों के दोगलेपन, उनकी सोच से दुखी थी। वह जानती है कि जो समाज में मंच पर खड़े होकर दहेज–विरोधी भाषण देते हैं, वही अपने बेटों को दहेज की ऊँची बोली लगाकर बेचते हैं। जिनके पास बोली में शामिल होने के लिए पैसे नहीं हैं, उनकी बेटियाँ या तो कुआँरी रहती हैं। या दहेज की बलि चढ़कर मौत को गले लगाती हैं। मेघा सोच रही है, ''कब तक ऐसे चलता रहेगा.... कब तक।'' हमेशा की तरह उसके सवाल आज फिर सूरज के साथ–साथ क्षितिज में डूब गए। रह गई मेघा, नितान्त अकेली व मकड़जाल में फंसी मकड़ी की भांति छटपटाती हुई।

मकड़जाल

थक गया है, मन थक चुके हैं पाँव
तलाशती है आँखें, वो शीतल सी छाँव
जहाँ मिल सके सुकून, सुलगते से मन को
मिल सके नवजीवन, निर्जीव से तन को
वो शीतल सी छाँव, जहाँ कुछ देर सुस्ता सकूँ
कड़वाहट जिन्दगी की, पलभर को सही, बिसरा सकूँ
जहाँ ना हो, बासी जिन्दगी की सड़न
बस हो भीनी सुगन्ध, ना हो घुटन
हो केवल एक उन्मुक्ताकाश
ना हो चील, कौओं का झुण्ड आसपास
ये ही तो है, जो झपट ले गए सुख
कर दिया जीवन उदास
बैठी हूँ करती यही हिसाब
क्यों पाया दर्द मैनें बेहिसाब
क्यो छिन गए जिन्दगी के रंग
हो गए सब सपने बदरंग
रह जाते है बार–बार, अनुत्तरित मेरे सभी सवाल
जब–जब भी खोजे हैं जवाब
सवाल बन जाते हैं मकड़जाल

नियति

अनाथाश्रम की बाई जी ने सुरैना को बताया था कि वो किसी राहगीर को सड़क के किनारे झाड़ियों में पड़ी हुई मिली थी। वही उसे यहाँ अनाथाश्रम में छोड़ गया था। सुरैना सोचती थी कि "मेरी उस निष्ठुर माँ की पता नहीं क्या मजबूरी रही होगी। क्यों वो मुझे मरने के लिए फेंक गई। किस्मत से कभी मिली तो पूछूंगी अवश्य" ये अनसुलझे प्रश्न सुरैना को बेचैन करते रहते थे। अपनी जैसी ही अभागी लड़कियों के साथ वो खेलते, रोते बड़ी हो गई।

सुरैना ने जवानी की दहलीज़ पर पाँव रखा, तो आश्रम के पुरूष कर्मचारियों की भूखी, चुभती नज़रों को पढ़ने, समझने लगी थी। उसे बहुत घबराहट होती थी। ऊपर से आश्रम के सख्त नियम, अमानवीय व्यवहार व मुश्किल से निगला जाने वाला खाना खाते–खाते इतना परेशान हो जाती थी कि कभी अपनी जन्म दात्री को कोसती कभी कहीं भाग जानें का मन करता। कभी जीवन समाप्त करने का।

इसी उधेड़बुन में दिन निकल रहे थे कि एक दिन वार्डन दीदी के कमरे के पास से गुज़र रही थी कि अपना नाम सुनकर ठिठक गई। वार्डन दीदी आश्रम के ही एक कर्मचारी से उसका सौदा कर रही थीं। "सुरैना को बहला फुसला कर रात को तुम्हारे कमरे में भेज दूँगी। लेकिन पूरे पाँच हजार लूँगी। अगर कुछ अनहोनी हुई तो जिम्मेदार भी तुम होंगे। मैं नहीं। सावधान रहना।" सुरैना के पैर काँपने लगे। जैसे–तैसे वो अपने कमरे में पहुँची। दिमाग सुन्न होता जा रहा था। शरीर पसीने से तर व चेहरा पीला पड़ गया था। जब थोड़ी सम्भली तो कुछ निश्चय करके, पानी पीकर मन को शान्त किया।

आश्रम में भोजन के बाद दोपहर में सबको आराम करने के लिए दो घण्टे का अवकाश मिलता था। बस उसी समय मौका देखकर सुरैना आश्रम के पिछले दरवाजे से बाहर निकल गई। कुछ मालूम नहीं था कि कहाँ जायेगी। बस सूनी

सड़क पर चली जा रही थी। गर्मी की दोपहर, लगभग सूनी सड़क। कुछ ही दूर गई कि चर्र की आवाज करके एक कार बिल्कुल उसके पास आकर रूकी, कुछ समझ पाती उससे पूर्व ही एक मर्दाने हाथ ने उसे कार के अन्दर खींच लिया। कार तेज गति से भागने लगी। कार में चार लड़के थे। वह घबराकर रोने लगी कि कुएँ से निकलकर खाई में फँस गई। थोड़ी देर बाद उनमे से दो लड़के उसके साथ अश्लील हरकते करने लगे। यह देख अन्य एक तीसरे लड़के का ज़मीर जाग गया। उसने सुरैना को उन लड़कों के चंगुल से छुड़वाया व एक ऑटो रिक्शा में बिठाया व खुद भी बैठ गया।

रास्ते में पानी पिलाया व बोला ''घबराओं मत अब कोई तुम्हारा कुछ नहीं बिगाड़ सकता।'' रास्ते में स्वयं के बारे में बताया कि ''उसका नाम राजीव है, एक ऑफिस में एल.डी. सी. है।'' अच्छे परिवार से है। सुरैना ने भी उसे अपनी आपबीती सुनाई।

राजीव सुरैना को अपने घर ले गया। उसके परिवार में माँ, पापा, छोटा भाई व एक छोटी बहिन थी। राजीव ने सबको समस्त घटनाक्रम के बारे में बताया। राजीव के परिवार ने सुरैना को खिलाया–पिलाया व ढांढ़स बंधाया कि वह घबराए नहीं, उसे किसी अच्छे नारी–निकेतन में भेजने का प्रबन्ध करेंगे। तभी यकायक राजीव कुर्सी पर से उठा और सुरैना से विवाह करने का अपना निर्णय सुना दिया। सुरैना व परिवारजन सकते में आ गए। उन्होंने पहले तो राजीव को समझाने का प्रयत्न किया कि ऐसी लड़की जिसके माँ–बाप का भी अता–पता नहीं है, वह उसका विवाह नहीं करेंगे और जब वह नहीं माना तो घर व जायदाद से वंचित कर घर से निकाल दिया। राजीव सुरैना का हाथ पकड़ कर मंदिर पहुँच गया व अपने दो मित्रों की उपस्थिति में सुरैना से विवाह कर लिया। उन्होंने एक कमरे, किचन का छोटा सा मकान किराए पर ले लिया।

एक वर्ष राजीव के साथ हँसी–खुशी कैसे निकल गया, सुरैना को पता भी नहीं चला। अपने इस अकाल्पनिक व सुस्थापित जीवन से सुरैना बहुत खुश थी। एक दिन पता चला कि वह माँ बनने वाली है। दोनों की खुशी की कोई सीमा नहीं थी।

सुरैना को नवाँ महीना चल रहा था। राजीव उसके लिए टॉनिक व फल वगैरह लेकर बाजार से लौट रहा था कि उसका स्कूटर एक बस की चपेट में आ गया। आठ दस दिन मौत से लड़कर आखिर उसने दम तोड़ दिया। सुरैना सदमे से बेहोश हो गई। आस–पड़ौस के लोगों ने उसे सम्भाला। होश में आते ही उसे अपनी कोख में पलते हुए बच्चे का ध्यान आया। वह एक ऐसे दो राहे पर खड़ी थी, जिसका एक रास्ता मौत की तरफ व दूसरा अनिश्चित भविष्य की ओर जाता था। सुरैना आज पुनः स्वयं को एक झाड़ी में पड़ी असहाय व अनाथ बच्ची महसूस कर रही थी। वह अपने जीवन का अंत करने का दुश्विचार कर रही थी कि कोख में पल रहे मासूम ने पेट में लात मारी.... और उसी क्षण उसने निश्चय कर लिया कि वह इस बच्चे को जन्म देगी और उसे अच्छा जीवन देगी। जिस पर उसका पूरा हक है।

प्रतीक्षा

श्राद्ध पक्ष का हुआ समापन
नवरात्रि का हुआ आगमन
घर–घर होगी घट स्थापना
होगी स्थापित माँ दुर्गा की प्रतिमा

नवदिवस समारोह होंगे
भक्ति से पूर्ण भक्तजन होंगे
कहीं व्रत, कही कीर्तन होंगे
डांडिया नृत्य के आयोजन होंगे

नवम दिवस, रामनवमी के दिन
दुर्गा प्रतिमा के विसर्जन होंगे
आशा और निराशा के मध्य
गाते, झूमते भक्तजन होंगे

किसी भक्त का माँ दुर्गा से हो जाए जो साक्षात्कार
कर कृपा, उनको मेरा भी पता बता देना
वर्षों से है एक भक्त प्रतीक्षारत
उनको जरा बता देना

शशि बोलिया

उमड़ रहे हैं हृदय में मेरे
अनुत्तरित से कुछ गहन सवाल
पूछने हैं उनके उत्तर,
यदि मिल जाती माँ दुर्गा एकबार

प्रतिरूपा आपकी, प्रतीक शक्ति की
कहलाती है, जब एक नारी
क्यों होती है, फिर–फिर अपमानित
पड़ जाती झूठी धारणा सारी

दुराचारी, दुष्कर्मियों की मारी
आज असुरक्षित है क्यों नारी
आओ करो दुष्टजनों का मर्दन
फिर नित करूँगी मैं तेरा वंदन

भक्तों की तुम ही हो आशा
फिर क्यों सर्वत्र छाई निराशा
श्रद्धा ना मेरी अल्प करो
पुनः जग का कायाकल्प करो

रिश्तों का समीकरण

पास वाले कमरे से लगातार खाँसने की आवाज आ रही थी। मालती वहाँ से ध्यान हटाकर किसी पत्रिका को पढ़ने में मन लगाने का प्रयास कर रही थी। लेकिन उसकी एकाग्रता बार–बार टूट रही थी। आखिर गुस्से से पत्रिका को पटक कर उठी व जोर से दरवाजा बन्द करके आ गई। पुनः पत्रिका के पन्ने पलटने लगी। पास ही बैठा उनका ग्यारह–बारह वर्षीय पुत्र यह सब देख रहा था। वह उठा, कफ सीरप की शीशी उठाई। जिसमें से माँ उसे पिलाती थी। लेकर पास वाले कमरे में गया। थोड़ा सहारा देकर दादी को बैठाया और दो चम्मच कफ सीरप उनको पिला दिया। दादी की आँखो में पानी आ गया। उन्होंने पोते नील का हाथ चूमते हुए ढ़ेर सारे आशीर्वाद दे दिये। मालती खुले दरवजे में से सब देख रही थी। मुँह बिचकाकर पलंग पर लेट गई। कुछ देर बाद दादी भी चैन से सो गई।

कुछ दिनों के अंतराल में मालती को तीव्र खाँसी चली, बुखार भी था। पति भी ऑफिस टूर से बाहर गए हुए थे। बाहर हॉल में ही नील पढ़ाई कर रह था। माँ की खाँसी की वजह से उसकी पढ़ाई में विघ्न पड़ रहा था। वह धीरे से उठा और माँ के कमरे का दरवाजा बन्द करके आ गया। मालती सकपकाई सी रह गई। थोड़ी देर तक तो प्रतीक्षा करती रही कि नील आएगा, कफ सीरप की शीशी लेकर। लेकिन .....! मालती की आँखों में पानी आ गया। उसे कुछ दिन पूर्व की घटना याद आ गई। उसे अपने व्यवहार पर बहुत ही पश्चाताप हुआ। आज उसे रिश्तों का समीकरण समझ में आ गया था कि जैसा व्यवहार हम दूसरों से करेंगे वही लौटकर स्वयं को मिलेगा। उन्होंने मन ही मन संकल्प किया कि वह अब अपनी सास से ही नहीं, वरन् सभी से अच्छा व संवेदनापूर्ण व्यवहार करेगी। मालती धीरे से उठी, स्टूल पर रखी दवाई पी व थोड़ी देर बाद बाद बड़ी शान्तिपूर्वक सो गई।

कुछ दिनों तक नील ने भी माँ का दादी के प्रति व्यवहार में सुखद परिवर्तन देखा। अपनी माँ के प्रति बालमन में प्यार व इज्जत बढ़ गई। जिसे मालती ने भी महसूस किया। मालती ने मन ही मन नील को धन्यवाद दिया, जिसने भविष्य में और गलत आचरण करने से ही उसे नही रोका बल्कि अपने बच्चे के बालमन पर भी बुरी छाप छोड़ने से बचा लिया।

मालती को समझ में आ गया था कि जैसा वर्तमान हम अपने बुजुर्गो को सौंपेंगे वही हमारा स्वयं का भविष्य होगा।

शशि बोलिया

प्रकृति का नियम

बचपन बीता, आई जवानी
जैसे सावन की रूत मस्तानी
खेल–कूद, पढ़ने–लिखने में
बीत जाती है, अर्ध जवानी

बच्चों के पालन–पोषण में
खप जाती है, बची जवानी
करते सुनिश्चित कल बच्चों का
निकल जाती है, **प्रौढ़ावस्था**

देती दस्तक दरवाजे पर
आ धमकती, वृद्धावस्था
शिथिल से हो जाते हैं, तन–मन
हो जाती है, दयनीय अवस्था

बिना अपेक्षा और स्वार्थ के
सौंप दिया, निज जीवन सारा
ढूँढ रहा है, उनमे ही मन
अपनत्व से पूर्ण, एक सहारा

है, नैतिक कर्त्तव्य, अगली पीढ़ी का
सम्मान करें, वो मात–पिता का
व्यवहार करोगे उनसे तुम जैसा
पाओगे कल तुम भी वैसा

पुत्री–विहीना

यदाकदा समाचार पत्रों में निरीह बेटियों का कभी गर्भ में, कभी जन्म लेते ही संहार के समाचार पढ़कर सुलभा का व्यथित मन और भी व्यथित हो उठता है। उसको कभी समझ ही नहीं आता है कि क्यों लोग ऐसा करते हैं। बेटियाँ भी तो माँ–बाप का अंश होती हैं। अगर सुबुद्धि से सोचो तो वंश भी।

सुलभा सुपुत्रों से सम्पन्न है। बहुत ही नेक, होनहार व माँ–बाप की परवाह करने वाले बेटे है उसके। उसे इस बात का गर्व भी बहुत है। लेकिन फिर भी उम्र के प्रत्येक पड़ाव पर उसने बेटी की कमी बहुत शिद्दत से महसूस की है।

बेटी के अनेक **रूप** उसकी आँखों में तैरते रहते हैं। छोटे–छोटे पाँवों में छोटी–छोटी पायल छमकाती। कभी फ्रॉक पहनकर सारे घर में नाचती बिटिया। फ्रॉक छोड़कर जींस–टीशर्ट में घूमती बिटिया। कभी दोस्तों के साथ घूमने व सिनेमा जानें की जिद करती व मना करने पर मुँह फुलाकर बैठती व स्वीकृति मिलने पर माँ का मुँह चूमकर ''थैंक्यू'' कहती बिटिया। और भी ना जानें क्या–क्या।

गर्मी के मौसम में जब कभी तबियत खराब होती व बिजली भी गुल जाती है तो सुलभा सोचती, ''काश! बेटी होती तो मना करने पर भी पंखी झल देती।'' कभी अचानक बारिश आ जाती तो घुटनों पर हाथ रखकर उठते हुए सोचती, ''बेटी होती तो बिना कुछ कहे ही बाहर सूखते हुए कपड़े उतार लाती।'' कभी रोटियाँ बनानें का मन नहीं होता व तबियत ठीक नहीं होती तो सोचती, ''बेटी होती तो गरम–गरम रोटियाँ खाती। आराम से बैठकर।'' खुद के लिए कुछ खरीदना होता तो बेटी की कमी महसूस होती थी, बेटी होती तो स्कूटर पर बैठा कर ले जाती व शॉपिंग करवा देती।'' कभी पार्टी में जाने के लिए तैयार होती तो शीशे के सामने घूम–घूम कर सोचती, ''काश! बेटी होती तो फटाफट कमियाँ निकालकर ठीक कर

देती या फिर साड़ी ही बदलवा देती कि यह नहीं यह पहनों..... जैसा कि मैं अपनी माँ के साथ करती थी।''

आज सुलभा को अपनी माँ की भी बहुत याद आ रही है। सुलभा को याद आ रहा है कि शादी के बाद जब वो माँ को तीन–चार दिन फोन नहीं करती थी तो माँ का फोन आ जाता था। उसके हैलो बोलते ही वे कहती ''जा! तुझसे बात नहीं करूंगी।'' सुलभा को हँसी आ जाती।

''माँ फिर आपने फोन ही क्यों किया'' वह सोचती कि ''वह भी किसी बेटी के फोन की प्रतीक्षा कर सकती। उसके पीहर आने की बाट जोहती। अपने सुख–दुख की सारी बातें करती। अपनी माँ की तरह मैं भी साल भर सामान इकट्ठे करती व उसे देने के लिए तरह–तरह के अचार डालती। और भी बहुत कुछ....''

सुलभा उम्र की प्रौढ़ावस्था में आ चुकी है। शरीर में भी अब पहली सी ताकत नहीं रही। प्रायः ही अलमारी बिखरी रहती हैं। छोटे–मोटे कपड़े बिना रिपेयरिंग के पड़े रहते हैं। उसे याद आया कि ''माँ सामान के साथ–साथ उसके लिए कितना काम भी इकट्ठा करके रखती थी, कि सुलभा आएगी तो यह करवाऊँगी, सुलभा आएगी तो वह करवाऊँगी। काम हो जाने पर काम से चार गुणा तो आशीर्वाद ही दे देती थी।''

ईश्वर की कृपा से सुलभा के बेटों की शादी भी हो चुकी हैं। घर में दो बहुएँ आ गई हैं। बहुएँ आईं तो सुलभा ने सोचा कि ''चलो कोई बात नहीं। देर से ही सही घर में बेटियाँ आ **गईं**। उन्हें खूब प्यार व सम्मान दूंगी, वो भी मुझे माँ समझेंगी।'' लेकिन सुलभा का यह सोचना व समझना भी गलत साबित हो गया।

हालांकि वह जल्दी ही समझ गई कि ''उसका वैसा सोचना ही गलत था, क्योंकि बहुओं के पास उनकी स्वंय की

माँ है, जिनकी ममता का सुख उन्होंने भोगा है व भोग रही हैं। फिर किसी और को वो उनके स्थान पर क्यों रखेंगी। उनसे इस समभाव की अपेक्षा रखना ही गलत है। प्रत्येक व्यक्ति का अपना स्थान होता है।'' सुलभा को यह भी अहसास हुआ कि वह भी तो बेटों की गलतियों को जितनी उदारता से क्षमा कर देती है, उतनी बहुओं की नहीं। वह समझ गई है कि उसकी बेटियों की कमी कभी पूरी नहीं होगी।

इस कमी को सुलभा और भी अधिक महसूस करती है, जब वह किसी बेटी को मारने या फेंकने का समाचार पढ़ती है। तब उसे लगता है कि ''काश! वह इन सब बेटियों को बचा पाती, काश! ऐसा करने वाले मुझ जैसे पुत्री–विहिना का दर्द समझ सकते तो ऐसा नहीं करते। काश वे समझ पाते। काश!''

शशि बोलिया

बेटियाँ

सब कुछ है आँगन में फिर भी
लगती हैं खुशियाँ अपूर्ण
जैसे चिड़ियों के कलरव बिन
होती नहीं बगिया सम्पूर्ण

तीज त्यौहारों का सूनापन
कर देता खाली–खाली सा मन
काश! होती मेरी भी बिटिय
खनक चूड़ियों की, पायल की रुनझुन

सूना घर अँगना बिन बहिना
कौन बाँधे राखी भईया के
कौन बनाए रंगोली अँगना
कौन सजाए, घर का हर कोना

हर त्यौहार, भैया, पापा से
नई ड्रेस की जिद कौन करे
उदास–उदास है, आईन भी
सज–धज, घूम–घूमकर उससे, नैन मटक्का कौन करे

यदि बुढ़ापे की लाठी है बेटा
है बेटी, माँ की हरपल की साथी
फूलों की खुशबू है बेटी
है पीहर की, पाती सी बेटी

इन्दु

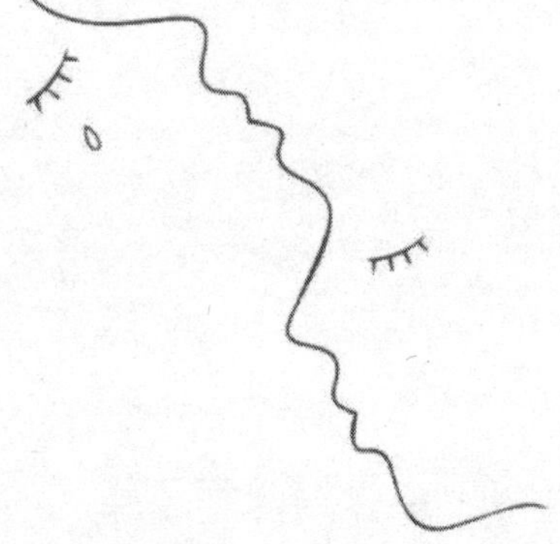

सुबह के मात्र ग्यारह बजे थे। लेकिन सूर्य देवता अपने पूर्ण रौद्र रूप के साथ उपस्थित थे। मैं सब्जियों से भरा थैला लेकर सिटी बस में चढ़ने का प्रयास कर रही थी कि तभी पीछे से आवाज आई ''आण्टी थैला मुझे पकड़ा कर पहले आप बस में चढ़ जाइये, फिर मैं आपको थैला पकड़ा दूँगी।''

बस में चढ़कर, चेहरे पर कृतज्ञता का भाव लिए, थैला लेने के लिए जैसे ही मुड़ी, लगा इस महिला को पहले भी कहीं देखा हैं। खैर... अपना थैला लेकर मैं एक खाली पड़ी सीट पर बैठ गई। पीछे–पीछे वो महिला भी मेरी बगल वाली सीट पर आकर बैठ गई। हम दोनों ही कनखियों से देखते हुए एक–दूसरे को पहचानने का प्रयास कर रही थीं।

मुझे तो थोड़ी देर में झपकी आ गई। थोड़ी देर बाद वो मेरा कंधा हिलाकर मुझे जगा रही थी। ''महता आण्टी, मैं इन्दु, जयपुर में आपके पड़ौस में रहती थी। मिसेज शर्मा की बेटी, इन्दु।'' मैनें आँखे मलते हुए एक सुखद आश्चर्य से उसे देखा। अरे हाँ यह तो इन्दु ही है। मैनें भावातिरेक से उसे गले लगा लिया। कुछ संयत होकर उसे ध्यान से देखा, उसका साँवला रंग समय की धूप में तपकर कुछ और गहरा हो गया था। कृत्रिम कालिमा लिए बालों से कहीं–कहीं झांकते सफेद बाल उसकी पकी उम्र की गवाही दे रहे थे।

बहुत से सवाल मन में उमड़–घुमड़ रहे थे, लेकिन इतना ही पूछ पाई कि ''तुम यहाँ कैसे,'' इन्दु ने बताया कि उसके पति इसी शहर में एक जनरल स्टोर चलाते हैं। मेरा बस स्टॉप आने वाला था। हम दोनों ने एक–दूसरे का पता व फोन नम्बर लिया। मैं नीचे उतर गई।

इन्दु तो बस में रह गई थी, लेकिन उसकी यादें मेरे साथ होलीं। विचारों में गुम कब घर आ गया पता ही नहीं चला। दोपहर में काम निबटा कर सोने का प्रयास किया, लेकिन नींद आंखों से कोसों दूर थी। मन मस्तिष्क पर इन्दु ही

छाई हुई थी। मन अतीत की गहराईयों में उतर गया। लम्बे, घने काले बालों वाली पतली व साँवली सी इन्दु। एक इन्दु के कई रूप मेरी आँखों के सामने घूमने लगे। घर के आँगन में झूठे बर्तनों के ढ़ेर को साफ करती इन्दु, घर की सफाई करती इन्दु, कभी ढ़ेर सारे कपड़े धोती इन्दु। आँखों के कोर आँसुओं से भीग गए, मासूम मुर्झाई सी इन्दु को याद करके।

याद आया..... ''एक दिन किसी काम से मैं इन्दु के घर गई थी। दरवाजा उसने ही खोला था। वो घुटनों तक गीली थी। शायद कपड़े धो रही थी। आँखे सूजी हुई व चेहरा मुर्झाया हुआ था। शायद काफी देर तक रोती रही होगी। ''मम्मी नहीं है,'' कहकर दरवाजा बन्द करने का उपक्रम करने लगी। शायद अपनी सूजी आँखों के साथ मेरे सामने खड़े रह पाना, उसके लिए मुश्किल हो रहा था। मैं भी उसकी दुविधा समझ कर चुपचाप वापस आ गई।

एक दिन मैं पुनः उसके घर गई। अधखुले दरवाजे से आती बहुत ही मीठी स्वर लहरी कानों में मिश्री घोल रही थी। गीत के बोल सुनकर मैं ठिठक गई। ''यह फूल चमन में कैसा खिला, माली की नज़र में प्यार नहीं।'' मधुर स्वर लहरी बन्द होते ही मैनें दरवाजा खटखटाया। वो झेंपी व सकुचाई सी सामने आ खड़ी हुई। ''मम्मी तो नहीं है, आण्टी, आप बैठिये, वो आने ही वाली हैं।'' मुझे बैठाकर वो पानी लेने चली गई। पानी का घूंट भर कर मैनें कहा, ''इन्दु तुम तो बहुत ही मधुर गाती हो।'' वो थोड़ी सकुचा गई। लेकिन तारीफ सुनकर उसके चेहरे पर मासूम सी मुस्कान तैर गई।

''तुम पढ़ने नहीं जाती?'' मैनें पूछा। ''जी नहीं। बी.ए. फाईनल का प्राईवेट एग्जाम दूँगी।'' उस साँवली सी लड़की में न जाने कैसा आकर्षण था कि उसके प्रति मन ममता से भर उठा। उसके सिर पर हाथ फेरकर मैं उठ खड़ी हुई। फिर

आउँगी कहकर मैनें उसे कहा "हमारे घर आना। मेरी बेटी तुम्हारी हमउम्र है। तुम्हे अच्छा लगेगा।"

धीरे–धीरे वो हमारे घर आने लगी। वो मुझसे व मेरी बेटी से काफी घुलमिल गई। लेकिन उसके चेहरे पर हमेशा एक भय व दीनता का भाव रहता था। कुछ देर रूक कर "मम्मी आती होगी", कहकर वह चली जाती। एक दिन मई की महीने की दोपहर थी। मैं सो रही थी, लगा कोई डोर–बैल बजा रहा है। दरवाजा खोल कर देखा तो इन्दु थी। बदहवास व मुर्झाइ सी। वो लगभग लड़खड़ाकर सोफे पर बैठ गई। बोली "आण्टी बहुत भूख लगी है।" आवाज जैसे गहरे कुएँ से आई हो। दिल धक् से रह गया। किचन से खाना लाकर उसे दिया। उसने लपककर थाली ली और जल्दी–जल्दी खाने लगी। मानो लम्बे समय से भूखी हो। खाना खाकर बोली "थैक्यू आण्टी।" मैनें भीगी आँखों से उसे देखकर प्यार से उसके सिर पर हाथ फेरा। अरे! यह क्या, मेरा स्नेह–पूर्ण स्पर्श पाते ही वह फफक कर रो पड़ी। उसके आँसू जैसे बाँध तोड़कर बाहर निकल पड़े।

उसके थोड़ा संयत होने पर मैनें पूछा, "क्या बात है बेटा! मुझे बताओ। मैं भी तो तुम्हारी माँ जैसी हूँ।" मेरा स्नेह पाकर वह थोड़ी आश्वस्त हुई। आगे उसने जो भी बताया मेरे लिए एकदम अकाल्पनिक, अविश्वसनीय व मन को, झकझोर देने वाला था।

अपने संकोच से उबर कर उसने बताया कि उसकी जन्मदात्री माँ उसे जन्म देते ही मर गई थी। उसकी दादी ने उसको पाला–पोसा। कुछ समझने लगी तभी से दादी व रिश्तेदारों की बाते कि "पैदा होते ही अपनी माँ को खा गई।" सुनने को मिली। नौ–दस वर्ष की थी कि दादी का भी देहांत हो गया। पापा ने दूसरी शादी कर ली। शुरू में सब ठीक–ठाक रहा। फिर उसकी नई माँ ने उसके छोटे भाई को जन्म दिया। बस उसके बाद से वह नई माँ की आँख की किरकिरी बन

गई। माँ के साथ–साथ पापा भी पराए हो गए। नई माँ का व्यवहार दिन पर दिन क्रूर होता गया। नवीं कक्षा के बाद उसका स्कूल भी छुड़ा दिया गया। पढ़ाई का शौक था, इसलिए मेहनत करके प्राईवेट ही बी.ए. अंतिम वर्ष तक पहुंच गई। वो भी उसके मामा फॉर्म भरवा देते थे व किताबें दिलवा देते थे, अन्यथा यह भी सम्भव नहीं था।

इन्दु ने आगे बताया ''नई माँ सारे दिन उससे घर के काम करवाती हैं। जो कुछ रूखा–सूखा बच जाता है, खाने को देती हैं। कभी नहीं बचता तो भूखे पेट ही सोना पड़ता है। पूरे साल में दो ड्रेस सिलाती हैं। बाद में पैबन्द लगा कर पहनना पड़ता है। परसों रात को कुछ मेहमान आए थे। उनके जाने के बाद डिनर सेट धो रही थी कि दो प्लेट्स मेरे हाथ से फिसल कर टूट गई। माँ ने मारा व कहा अब दो दिन तक कुछ खाने को नहीं मिलेगा। परसों शाम से ही मैनें कुछ नहीं खाया हैं।'' इन्दु ने और भी दिल दहलाने वाली बातें बताई। इन्दु धारा प्रवाह बोलती जा रही थी या कहूँ कि वर्षों से अन्दर भरे हुए को बाहर उंड़ेलती जा रही थी। मैं किंकर्त्तव्यविमूढ़ सी विस्फारित नेत्रों से उसे सुन रही थी। विश्वास नहीं कर पा रही थी कि एक औरत जो स्वय भी एक बच्चे की माँ है, उसका ऐसा घिनौना रूप भी हो सकता है। इस घटना के बाद इन्दु व मेरा जुड़ाव और गहरा हो गया। लेकिन हमारा साथ अधिक समय तक नहीं रहा। इन्दु का विवाह एक निम्न मध्यमवर्गीय परिवार में कर दिया गया व मेरे पति का तबादला भी बीकानेर हो गया। समय के साथ–साथ यादें भी धूमिल होती चली गई। सोचते–सोचते नींद आ गई।

कुछ दिन ऐसे ही निकल गए। एक दिन शाम को तीन बजे के लगभग इन्दु का फोन आया। ''आण्टी आपसे मिलने की बहुत इच्छा है। आप फ्री हो तो मैं कार भेज रही हूँ आप आ जाइए। मैं तो आ नहीं पाऊंगी, माँ बीमार हैं।'' मैनें सोचा कि उसकी सासू माँ बीमार होंगी। खैर लगभग एक घण्टे

बाद मैं उसके घर पर थी। मैनें सरसरी निगाहों से घर का मुआइना किया। घर अच्छा व सुख–सुविधाओं के साधनों से पूर्ण, सुसज्जित था। इन्दु चाय–नाश्ता लेकर आई। कुछ देर औपचारिक बातें होती रही। उसने बताया कि उसके दो बच्चे हैं। ससुर थे नहीं व सासूँ माँ का तीन वर्ष पूर्व देहांत हो गया। उनका स्वभाव बहुत अच्छा था। उससे बहुत स्नेह से रखती थीं। मैं और भी बहुत कुछ जानना चाहती थी कि पास वाले कमरे से किसी के खाँसनें की आवाज आई। मैनें प्रश्न सूचक नज़रों से इन्दु को देखा। मेरी आँखों में तैरते हुए प्रश्न को भांप कर बोली ''मम्मी हैं।'' लगभग चार–पाँच वर्ष पूर्व पापा का देहांत हो गया था। भाई–भाभी ने माँ पर दबाव डालकर मकान स्वयं के नाम पर करवा लिया व कुछ समय बाद घर के पिछवाड़े में बनी कोठरी में डाल दिया। जहाँ वह मृत्यु–तुल्य जीवन जी रही थी। मुझे पता चला तो मैं माँ को अपने साथ ले आई। लगभग दो साल से वह मेरे साथ रह रही हैं।

मैं अवाक् सी इन्दु को देखती रह गई। यह किस मिट्टी की बनी हुई है। जिस माँ ने हमेशा उसके साथ दुर्व्यवहार किया, उसको साथ रखकर सेवा कर रही है। मुझे दुविधा से निकालते हुए इन्दु बोली, ''चलिये आपको माँ से मिलवाती हूँ। वो बहुत खुश होंगी आपसे मिलकर।''

मिसेज शर्मा मुझसे मिलकर भाव–विभोर हो गई। कांपते हाथों से मुझे गले लगाकर फूट–फूट कर रो पड़ीं। बेटे द्वारा स्वयं को अस्वीकृत किये जाने व स्वयं द्वारा अस्वीकृत बेटी के अहसानों के तले दबे होने का अहसास साफ उनके चेहरे पर नज़र आ रहा था। पश्चाताप् के आँसू अविरल उनकी आँखों से बह रहे थे।

मैं बस इतना ही कह पाई कि ''एक अभागी बेटी ने आपको भाग्यशाली माँ बना दिया।''

शशि बोलिया

रिश्ते

जन्म लेते ही संसार में
जन्म लेते हैं रिश्ते
कुछ होते हैं, खास
कुछ औपचारिक से रिश्ते
रिश्तेदारों के संग
फलते–फूलते हैं रिश्ते
एक उम्र तक तो सभी
मीठे लगते हैं रिश्ते
पहचान होते–होते
रीतने–बिखरने लगते हैं रिश्ते
जीवन के सफर में, सहयात्री से
बनते, छूटते हैं रिश्ते
आते–आते आखिरी पड़ाव उम्र का
समझ आती है, परिभाषा रिश्तों की
रिश्तों की भीड़ में, होती है पहचान
चन्द खरे, असली रिश्तों की
छंटने लगते हैं, रिश्तों के बादल
रह जाते हैं
कुछ अपने, प्यारे से रिश्ते

पिता-पुत्र

घर में बने छोटे से बगीचे में रमाकान्त बाबू पत्नि शीला के साथ, सुबह की ठण्डी हवा के साथ गर्म चाय की चुस्कियों का आनन्द उठा रहे थे। सुबह का समय दोनों के लिए बहुत खास होता है। चाय के साथ दोनों अखबार की सुर्खियाँ देखते, उस पर चर्चा करते और परिवार व बच्चों के बारे में बातें करते हैं। उसके बाद तो दोनों का दिन व्यस्त निकलता है। रात को थके हारे सो जाते हैं।

अखबार एक तरफ रखते हुए रमाकान्त बाबू बोले "शीला बहुत सन्तुष्टि होती है कि हमारी दोनों बेटियों की शादी अच्छे घरों में हो गई है, व दोनों खुश हैं। बस एक बार मंथन का इंजिनियरिंग में दाखिला हो जाए तो मैं चिन्तामुक्त हो जाऊँगा। हालांकि छोटी बेटी की शादी करने के बाद हमारी जमापूँजी तो समाप्त हो चुकी है, लेकिन मंथन की पढ़ाई के लिए मैं पी.एफ. से लोन उठा लूँगा। हमारा क्या है, घर का मकान है, पेंशन मिलती है तो गुजारा चल जाएगा।" घड़ी देखते हुए वह बड़े ही संतुष्ट भाव से उठ खड़े हुए।

रमाकान्त जी एक सरकारी दफ्तर में यू.डी.सी. के पद पर काम करते हैं। अपनी सामाजिक जिम्मेदारियों का निर्वाह बड़ी सूझबूझ से किया है।

उनका एक ही बेटा है, मंथन। बारहवीं कक्षा में पढ़ रह है। रमाकान्त बाबू ने अपनी हैसियत से आगे जाकर उसको इंजिनियरिंग की प्रवेश परीक्षा के लिए दो जगह कोचिंग करवा रखी है, मंथन भी पढ़ाई में अच्छा है।

मंथन व रमाकान्त जी की मेहनत रंग लाई। उसका अच्छे सरकारी कॉलेज में एडमिशन हो गया। रमाकान्त बाबू ने चैन की सांस ली। मंथन के जोधपुर जाने में दो महीने बाकी थे। शीला जी व रमाकान्त जी ने उसके लिए नये कपड़े, जूते

व अन्य जरूरत के सामान जुटाने शुरू कर दिये ताकि उसे बाहर जाकर कोई तकलीफ नहीं हो।

रमाकान्त बाबू स्वयं के लिए काफी समय से दो ड्रेस व शीला जी के लिए नई साड़ियां लेने की सोच रहे थे। लेकिन अब स्थगित कर दिये। जूते भी मरम्मत करवा–करवा कर जवाब देने की स्थिति में पहुँच गए थे। लेकिन अभी उनके लिए मंथन के खर्चे प्राथमिकता बन चुके थे।

पी.एफ. से लोन के लिए प्रार्थना–पत्र दे दिया था ताकि समय पर पैसे मिल जायेंगे तो फीस व अन्य खचों का प्रबन्ध हो जाएगा। मंथन का एकाउण्ट खुलवा कर उसमें भी पैसे डालने थे, रोज के व आकस्मिक खर्चों के लिए उसे सुविधा हो जाएगी।

रमाकान्त बाबू की योजना के अनुसार सभी कार्य सम्पन्न हो गए व एक दिन मंथन भी जोधपुर छात्रावास में चला गया। एक वर्ष बीत चुका था। मंथन की पढ़ाई अच्छी चल रही थी। उसने दोनों सेमेस्टर में अच्छे अंक प्राप्त किये थे। मंथन का तीसरा सेमेस्टर चल रहा था। कॉलेज की तरफ से जम्मू–कश्मीर का टूर जा रहा था। हालांकि यह ऐच्छिक था। फिर भी रमाकान्त बाबू ने मंथन का मन रखते हुए उसे अनुमति दे दी व पांच हजार रूपये भी उसके खाते में जमा करवा दिये।

छात्रावास में अन्य लड़कों के देखादेखी मंथन के भी खर्चे व इच्छाएँ बढ़ने लगीं। वह आए दिन फोन करके पैसों की माँग करने लगा। शुरू में तो रमाकान्त बाबू ने समझाया कि तुम्हे पैसे वाले लड़कों की नकल नहीं करनी है, अपना पूरा मन पढ़ाई में लगाओ। कुछ समय तक ठीक चलता रहा। तीन वर्ष पूरे होते–होते मंथन ने लेपटॉप की माँग रख दी। रमाकान्त बाबू ने समझाने का प्रयत्न किया। ''पहले लेपटॉप नहीं था, तो भी बच्चे इंजिनियर बनते थे।'' मंथन बजाय समझने के और भड़क गया। ''पापा जब पैसे नहीं थे मुझे बाहर पढ़ने के लिए

क्यों भेजा? यहाँ बार–बार मैं अपना मन नहीं मार सकता। मुझे लेपटॉप चाहिए बस!'' कह कर उसनें फोन बन्द कर दिया। रमाकान्त जी ठगे से बैठे रह गए। उनको शीला जी का मोतियाबिन्द का ऑपरेशन करवाना था व स्वयं के लिए भी नया चश्मा लेना था, आँखों के नम्बर बढ़ गए थे। सब स्थगित करके लेपटॉप के पैसे भेज दिये, यह सोचकर कि नये जमाने की नई पढ़ाई है। हो सकता है, उसे वाकई इसकी जरूरत हो। मेनें बेकार ही उस पर गुस्सा किया। पिता का हृदय स्वयं की विवशता व पुत्र के प्रति वात्सल्य से भारी हो गया।

मंथन छठे सेमेस्टर में आ चुका था। सर्दियों की छुट्टीयों में घर आया हुआ था। सोच रहा था, जाने से पहले सर्दियों के लिए दो चार स्वेटर व जैकिट खरीद कर ले जाऊँगा। दोपहर को देखा माँ पापा के पुराने स्वेटर को रिपेयर करने का प्रयास कर रही थी। मंथन कुछ विचार कर ही रहा था कि बाहर से किसी दोस्त की आवज आई तो जल्दबाजी में पापा के हवाई चप्पल पहन कर निकल गया। कुछ दूर ही गया था कि चप्पल का स्ट्रेप निकल गया। हाथ में उठाकर देखा कि पापा ने टूटी हुई स्ट्रेप को पिन लगाकर उसकी उम्र बढ़ाने की कोशिश कर रखी थी। मंथन की आँखों में पानी आ गया। उसको स्वयं पर बहुत ग्लानि व शर्मिंदगी हुई कि कैसे वो पापा को पैसों के लिए परेशान करता रहा है और यहाँ पापा ...?

शाम को रमाकान्त बाबू ऑफिस से आए तो मंथन उनसे नज़रे भी नहीं मिला पा रहा था। दो दिन बाद छुट्टी का अन्तिम दिन था। मंथन अपना सामान पैक कर रहा था। रमाकान्त बाबू ने उसके हाथ में कुछ रूपये रखते हुए कहा 'रखलो काम आयेंगे'' मंथन अब अपने आप पर काबू नहीं रख सका व पापा से लिपट कर रो पड़ा। ''पापा मुझे माफ कर दीजिये मैनें अपनी हैसियत से बढ़कर फिजूल खर्चे किये व आपको बहुत दुःख पहुँचाये। पापा अब अपनी बाकी पढ़ाई के व अन्य खर्चे मैं खुद उठाऊँगा। हमारे कॉलेज के कई लड़के

खाली समय में ट्यूशन पढ़ाकर अपना खर्चा निकालते हैं। मैं भी ट्यूशन पढ़ाऊँगा। पापा आप आज तक जैसे मेरी सभी जिदों को मानते आए हैं, आपको मेरी यह जिद भी माननी पड़ेगी।'' रमाकान्त बाबू को ना चाहते हुए भी मंथन की बात माननी पड़ी। मंथन रात की बस से जोधपुर चला गया।

दूसरे दिन सुबह रमाकान्त जी ने चाय का एक कप पीकर पूछा ''शीला चाय और है क्या?'' शीला जी मुस्कराती हुई रसोई घर से चाय लेने चलीं गई। वह जानती हैं, जब भी रमाकान्त बाबू बहुत खुश होते हैं, वे दूसरे कप चाय की फरमाईश करते हैं।

शशि बोलिया

पिता

प्यार पिता का एक समन्दर
हर दुःख बच्चों का भर लेता अन्दर
वो नहीं जतलाता शब्दों से प्यार
प्यार पिता का, निःशब्द निराकार

बच्चा माँ की ऊँगली थामे जब
पिता के पद–चिन्हों पर चलता
चलते–चलते जब गिर जाता
पिता, हौसला उसका बन जाता

ममता माँ की, जीवन आधार
पिता सुरक्षित अडिग दीवार
माँ बिटिया की, हमदर्द सहेली
पिता सजग, चौकन्ना पहरेदार

माँ दुनिया में जीना सिखलाती
पिता सौंपता, ठोस आधार
बचपन में कभी बन जाता घोड़ा

कभी उठा अपने कंधो पर
दिखलाता उसको संसार

हो सुखमय बच्चों का जीवन
वह करता रहता सतत् प्रयास

कमली

बारह बजने को हैं। कमली का अभी तक कोई अता–पता नहीं है सरिता कभी घड़ी देखती, कभी झूठे बर्तनों के ढ़ेर को। घड़ी के काँटे के साथ–साथ उसका पारा भी चढ़ता जा रहा था। "आने दो आज, अच्छी खबर लूँगी उसकी। बहुत सिर चढ़ गई है। कुछ कहती नहीं हूँ ना, इसलिए।"

डोर–बैल बजते ही बड़े आक्रामक भाव से दरवाजे की तरफ बढ़ी। दरवाजा खोला, कमली ही थी। कुछ कहने के लिए सरिता ने मुँह खोला ही था कि उसके चेहरे को देखकर कुछ बोल ही नहीं पाई। सूजी हुई आँखे, बिखरे से बाल व उतरा हुआ मुँह कुछ अनहोनी की ओर संकेत कर रहे थे।

कमली बिना सरिता की ओर देखे चुपचाप रसोईघर में जाकर बर्तन मांजनें लगी। सरिता ने इस समय कुछ भी कहना उचित नहीं समझा। कमली ने बर्तन मांज कर झाड़ू उठा ली व सफाई करने लगी। जब वह आखिरी कमरा साफ कर रही थी, सरिता ने गैस पर दो कप चाय का पानी चढ़ा दिया। सफाई करके कमली जाने लगी तो सरिता ने उसे रोका "बैठ कमली चाय पिएंगे" कमली का मन नहीं था, लेकिन वह सरिता के आग्रह को टाल नहीं सकी। चाय के साथ सरिता ने कुछ मठरी व बिस्किट भी रख दिये। उसे लग रहा था कि शायद कमली ने आज कुछ खाया नहीं है।

चाय पीते–पीते सरिता ने पूछा "क्या बात है कमली, आज तू बहुत देर से आई है व तेरी तबियत भी कुछ ठीक नहीं लग रही है।" पहले तो कमली थोड़ी हिचकिचाई लेकिन सरिता के जोर डालने पर स्वयं को रोक नहीं पाई व रोने लगी। कुछ संयत होने पर बोली "क्या बताऊँ आण्टी जी। मेरा मरद आए दिन मेरे साथ मार–पिटाई करता है। दिहाड़ी में रोज थोड़ा बहुत कमाता है, शाम को उसकी दारू पी जाता है। घर–खर्च व बच्चों की पढ़ाई वगैरह सब मुझे अकेले को देखने पड़ते हैं। ऊपर से शक करता है कि काम के बहाने मैं आवारागर्दी करती

हूँ। गई रात भी यही सब आलतू–फालतू बकते हुए मुझे खूब मारा। खुद तो खाना खा लिया, मैं खाने बैठी तो मेरी थाली उठाकर फेंकदी। बच्चे भी घबराकर रोने लगे।

सरिता को कमली के पति पर बहुत गुस्सा आया। बोली "तू उसे छोड़ क्यों नहीं देती, वैसे भी तुझको उसका कोई सहारा तो है नहीं। ऊपर से पिटाई भी खाती है।" कमली बोली "मेरा भी ऐसा ही मन होता है, लेकिन दो बच्चे है, इनको लेकर कहाँ जाऊँ। यहाँ भले ही कच्चा मकान है, लेकिन घर का तो है। पीहर में भी आप जानों, भाभी के साथ अधिक दिन गुजारा नहीं हो सकता। माँ–बाप भी क्या करें। फिर हमारी जात में पति को छोड़ी हुई औरत की कोई इज्जत नहीं है। आदमी भले ही औरत को छोड़ दे, उसे कोई भी कुछ नहीं कहता।" सरिता कमली की दुविधा समझ रही थी। क्या कहती। "देर हो रही है आण्टी जी कहकर कमली चली गई।

सप्ताह भर निकला होगा कि कमली दो दिनों से काम पर नहीं आ रही थी। तीसरे दिन आई तो सरिता ने दो दिन न आने का कारण पूछा। कमली रोते हुए बोली "दो दिन पहले सामने वाली आण्टी जी की दी हुई नई साड़ी पहन रखी थी। बस इसी बात पर मारामारी करने लगा कि सजधज कर कहाँ जा रही है? अनाप–शनाप बकते हुए जब उसने मुझे मारते हुए लकड़ी उठा ली तो पड़ौसियों ने मेरे पीहर फोन कर दिया। मम्मी–पापा मुझे आकर ले गए। कह रहे हैं अब कभी वापस नहीं भेजेंगे। उस राक्षस के पास।"

दस–पन्द्रह दिन निकले होंगे कि कमली कुछ सस्ती सी मगर नई साड़ी में व आँखों मं काज़ल, बालों में नई क्लिप लगा कर आई। वह बहुत खुश नज़र आ रही थी। सरिता ने पूछा "क्या बात है, कमली आज तो बहुत खुश नज़र आ रही है।" कमली नई नवेली दुल्हन की तरह शरमाकर बोली "वो क्या है आण्टी जी! कल मेरा मरद! मेरे पीहर आया था। उसने

मुझसे व मेरे मम्मी–पापा से खूब माफी माँगी कि अब कभी मुझे नहीं पीटेगा, अच्छी तरह रखेगा। देखो, मेरे लिए यह नई साड़ी भी ले आया।'' सरिता ने कमली के भोलेपन पर माथा पीट लिया। वह समझ गई कि कमली के पति को रोटियों के लाले पड़े होंगे, इसीलिए यह सब नाटक किया है। वरना ऐसे लोग सुधर नहीं सकते।

एक दिन सुबह–सुबह कमली रोते हुए आ गई। ''आण्टी जी, दो हजार रूपये उधार दे दो। वो रात को मेरे मरद ने दारू पीकर फिर मारामारी व हल्ला–गुल्ला किया तो पड़ौसियों ने थाने में शिकायत कर दी। पुलिस उसे पकड़कर ले गई। पुलिस कह रही है दो हजार रूपये लगेंगे उसकी जमानत के लिए।'' सरिता को कमली पर गुस्सा आ गया। ''कोई रूपये नहीं है, सड़ने दे उसे जेल में। पुलिस के डंडे खाएगा तो अकल ठिकाने आ जाएगी।'' लेकिन कमली ने सरिता के पाँव पकड़ लिए। ''जैसा भी है, मेरा मरद है, मुझे छुड़ाना ही पड़ेगा।'' सरिता ने भुनभुनाते हुए कमली को रूपये दिये! ''पकड़, तुम लोगों का कुछ नहीं हो सकता।''

कुछ दिन निकले कि कमली फिर काम से नदारद। दूसरे दिन आई तो बताया कि ''एक दिन पहले मेरे मरद के बहुत तेज पेट में दर्द हुआ। अस्पताल ले गई, सब जाँचों के बाद डॉक्टर साब कह रहे हैं कि अधिक दारू पीनें से उसका लीवर खराब हो गया है। पूरा ईलाज मिलेगा तो बच सकता है। वरना मर जायेगा। आण्टी जी मैं चार घर और काम करूंगी, लेकिन उसे कुछ नहीं होने दूंगी।''

सरिता कमली के भोले पन, जीवटता व आत्मविश्वास पर आश्चर्यचकित थी वह सोच रही कि प्रायः लोग औरत को कमजोर समझते हैं।, लेकिन समय आने पर यही कमजोर औरत बहुत ही सशक्त दृढ़–निश्चयी हो जाती है। कमली इसका

प्रत्यक्ष प्रमाण है। वह कमली को नमन् किये बिना नहीं रह सकी।

औरत

मकान को घर बनाती है औरत
घर की सजावट, सज्जा है औरत
रिश्तों की कड़ी और नींव है औरत
घर की मर्यादा, लज्जा है औरत

है सुबह की धूप, दिन का सुकून
रातों की नींद, रगों का खून
हवा, पानी, गगन है औरत
पूरा का पूरा जीवन है औरत

फिर भी अबला, कहलाती है वो
तुम्हारे दिये जख्मों को भूल
तुम्हारे ही जख्म सहलाती है वो
खुशी में तुम्हारी, खुशी मनाती है वो

हैरान हूँ, कि किस मिट्टी की बनी है औरत
किस आत्म–शक्ति से भरी है औरत
बार–बार टूटती है, मरती है फिर भी
परिवार का दिल बनकर, धड़कती है औरत

मातृभाषा–हिन्दी

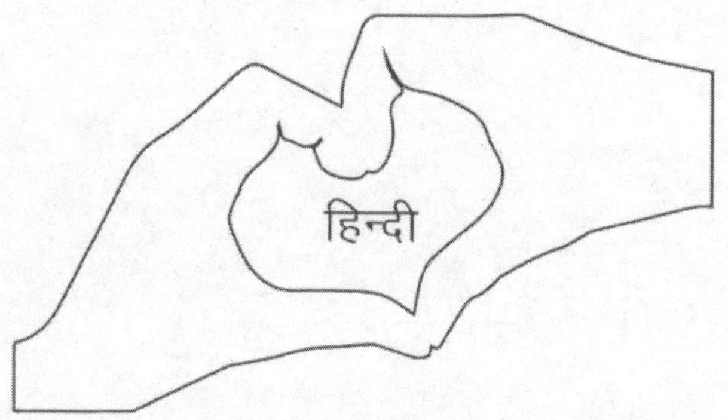

वैसे पूरा नाम तो उनका गिरधारी लाल तिवारी है, लेकिन सभी लोग उन्हें 'तिवारी जी' के नाम से जानते हैं। महाविद्यालय में हिन्दी साहित्य के प्राध्यापक थे। तिवारी जी को हिन्दी भाषा से विशेष प्रेम है। प्रयत्न करते हैं। कि घर में सभी लोग शुद्ध हिन्दी पढ़ें व लिखें। एक बेटी है। हिन्दी साहित्य में एम.ए., पी.एच.डी. की हैं। वह भी महाविद्यालय में प्राध्यापक है। बेटा वरूण इंजिनियर है। अपनी पत्नी व दोनों बच्चों के साथ पूना रहता है।

जब भी तिवारी जी के पोता–पोती छुट्टियों में आगरा रहने के लिए आते हैं वे उन्हें हिन्दी की बाल कथाओं व कविताओं की पुस्तकें पढ़ने के लिए देते है। व उनको हिन्दी पढ़ाते हुए उनकी वर्तनी सुधारनें का प्रयास करते हैं। वे जानते हैं कि आजकल अंग्रेजी माध्यम विद्यालयों में हिन्दी भाषा पर कोई ध्यान नहीं देता है। बस अंग्रेजी पढ़ने व बोलने पर ध्यान दिया जाता है। पढ़ाई के अतिरिक्त तिवारी जी बच्चों में भारतीय संस्कार डालने का प्रयास करते हैं। सुबह बच्चों को 'गुड मॉर्निंग' की बजाय बड़ों के चरण स्पर्श करके आशीर्वाद लेना सिखाते हैं।

तिवारी जी स्वयं के बच्चों व पोता–पोती को यही सीख देते हैं। कि "भले ही तुम अंग्रेजी भाषा पढ़ो, जो कि आज के परिवेष में आवश्यक भी हैं। लेकिन बात हमेशा अपनी मातृभाषा में करो।"

वरूण को उसकी कम्पनी ने पहले अस्थाई व बाद में स्थाई रूप से अमेरिका भेज दिया। तिवारी जी चिन्ता में पड़ गए कि अब तो बच्चे वहीं की भाषा व रंग–ढंग में रंग जाएंगे। लेकिन क्या कर सकते हैं.....? तिवारी जी सोचने लगे "आजकल तो भारत में ही बच्चे तो बच्चे, उनके माँ–बाप भी, जिन्होने कभी अंग्रेजी माध्यम विद्यालय का मुहँ भी नहीं देखा, जबर्दस्ती इंग्लिश (हिंग्लिश) बोलने में अपनी शान समझने लगे

हैं व अपने से हाई सोसायटी में ठीक से इंग्लिश न बोल पाने से स्वयं को हीन समझते हैं। आजकल के बच्चे भी हिन्दी की प्रेरणादायी पुस्तकें पढ़ने के स्थान पर कॉमिक्स पढ़ते हैं।'' यह सब देखकर तिवारी जी बहुत दुखी होते हैं।

एक दिन तिवारी जी के सहकर्मी, पाठक साहब के बेटा–बहू व क्रमशः आठ व दस साल के पोता–पोती अमेरिका से आए हुए थे। तिवारी जी ने सबको भोजन के लिए आमंत्रित किया। पाठक साहब के बेटा–बहू ने तिवारी जी व उनकी पत्नी के चरण–स्पर्श किये। दोनों बच्चों ने हाय! कहकर हाथ आगे बढ़ा दिये। तिवारी जी को बहुत ही अरूचिकर प्रतीत हुआ।

लगभग दो घंटे वो सब रूके होंगे। तिवारी जी ने गौर किया कि इस बीच दोनों बच्चे या तो आपस में ही बातें करते रहे या कभी–कभार अपने माँ–बाप से ही बोल लेते थे। दादा–दादी से उन्हें एक शब्द भी बोलते नहीं सुना। पाठक साहब से पूछा तो बोले ''इन्हें हिन्दी नहीं आती और हमें इंग्लिश नहीं आती। क्या करें..?''

तिवारी जी की चिन्ता और भी बढ़ गई। कहीं उनके पोता–पोती भी हिन्दी भूलकर इंग्लिश में में बात करेंगे, तब .....? लगभग तीन वर्ष पश्चात् वरूण, बहू व पोता–पोती पन्द्रह दिनों के लिए उनके साथ रहने के लिए आए। अपने माता–पिता के साथ दोनों बच्चों ने भी दादा–दादी के चरण स्पर्श करके आशीर्वाद लिया, दादा–दादी आप कैसे हैं।, कहकर उनसे लिपट गए। तिवारी जी गद्‌गद् हो गए। बच्चे अपने माता–पिता से भी हिन्दी में ही बात कर रहे थे। वरूण ने बताया ''वहाँ हम सब हिन्दी में ही बात करते हैं। ताकि बच्चों का अपनी मातृभाषा से जुड़ाव बना रहे। अपने खाली समय में बच्चे आपकी दी हुई हिन्दी की पुस्तकें पढ़ते हैं। तभी बच्चे बोल पड़े, ''दादाजी हमारे लिए हिन्दी की और पुस्तकें लाना, हम साथ लेकर जाएंगे।''

सुनकर तिवारी जी भाव विभोर हो गए व बच्चों को गले से लगा लिया और चल पड़े उनके लिए हिन्दी साहित्य की श्रेष्ठ पुस्तकें खरीदने के लिए।

शशि बोलिया

हिन्दी भाषा, अपनी मातृभाषा

हिन्दी बोलो, हिन्दी लिखो, हिन्दी अपनी भाषा है
हिन्दी अपना गौरव है, जीवन की परिभाषा है
अपनी भाषा **से** प्यार करो मातृभाषा हिन्दी है
भारत माता का श्रृंगार है यह, माथे की ये बिन्दी है
भाषाएँ सभी सम्माननीय हैं, सबका तुम सम्मान करो
लेकिन बोल के हिंग्लिश–हिन्दी, ना हिन्दी का अपमान करो
रौब डालकर इंग्लिश का, ना मानसिक संकीर्णता व्यक्त करो
हिन्दी बोलो शान से, ना स्वयं को हीन भावना ग्रस्त करो
ज्ञान भण्डार से समृद्ध यह भाषा, इसका नहीं कोई सानी है
समझा, पढ़ा नहीं, जिसने, सूर, रहीम को, सर्वथा अज्ञानी है
सुमित्रानंदन पंत, विष्णु प्रभाकर, हिन्दी के हैं दिव्य भास्कर,
जयशंकर प्रसाद, रांगेय राघव, प्रेमचन्द हैं, मील के पत्थर,
सुभद्रा कुमारी, महादेवी वर्मा, मीरा बाई और शिवानी,
हैं हिन्दी साहित्य के हीरा–मोती, याद रहेंगे सदा जुबानी,
आओ उठाएं हम आज शपथ, हिन्दी का विस्तार करेंगे,
सम्मानित हो हिन्दी भाषा, मिलकर हम प्रयास करेंगे।

कितने रावण

असंवेदनशीलता
भ्रष्टाचार
क्रोध
नफरत
अहंकार
बेईमानी
लालच
जातिवाद
स्वार्थ
नकारात्मकता

धड़–धड़, धड़ाम, भडाक बम, आ.....ह, उई .... जैसी डरावनी आवाजों से पूरा वातावरण गूंज उठा । रात के लगभग दो –ढाई बजे होंगे, पांच मंजिला इमारत भरभराकर ढह गई पच्चीस परिवार व लगभग सौ–सवा सौ लोग उसमें निवास करते थे । हाहाकार मच गया । आसपास के लोगों ने पुलिस व दमकल विभाग को फोन किया । रात होने की वजह से किसी ने फोन ही नहीं उठाया । स्थानीय लोगों ने अपने स्तर पर बचाव कार्य किया । सुबह आठ बजे के आसपास दमकल विभाग व पुलिस विभाग ने सुध ली। तबतक चालीस–पचास लोग समय पर सही मदद ना मिलने के कारण अपनी जान से हाथ धो बैठे थे । शेष की हालत भी नाजुक थी । कितने ही लोग अभी भी मलबे में दबे हुए थे ।

जैसे ही दुर्घटना की खबर फैली, तथाकथित स्थानीय राजनेता, स्वयंसेवी संस्था के कार्यकर्ता व मीडिया वाले अपनी उपस्थिति दर्ज कराने पहुंच गए । बचा–खुचा बचाव कार्य करने व प्राथमिक उपचार प्रदान करके अखबार की सुर्खियों मे स्थान पाने के लिए। इधर मीडिया वाले भी अपने अखबारों व न्यूजचैनल्स के लिए सर्वप्रथम कवरेज का तमगा पाने की होड में लगे थे। एक पत्रकार महोदय तो मलबे में दबे व्यक्ति की मदद करने की बजाय उसके मुँह पर ही माइक लगा कर हालचाल पूछने लगे। उनका वश चलता तो शायद मृत लोगों का भी हालचाल पूछ कर छाप देते ।

बहुत ही ह्रदय विदारक दृश्य था। मलबे में दबी लाशें, चीखते–कराहते लोग व अपने परिवारजनों को तलाश करते लोग।

घायलों को अस्पताल पहुंचाया गया। सरकार ने आनन–फानन में घायलों को एक –एक लाख व मृतकों के परिवार वालों को दो–दो लाख रुपयों के मुआवजे की घोषणा

करके अपने कर्तव्य की इतिश्री कर दी। प्राथमिक उपचार के बाद घायलों की सेवा करने व उनको आर्थिक सहायता मिली या नहीं, देखने वाला कोई नहीं था।

जीवित बचे हुए लोगों से पूछताछ की तो मालूम हुआ कि अमुक इमारत बहुत पुरानी नहीं थी। बिल्डर ने निम्न आय वर्ग के लोगों को सस्ते दाम में फ्लैट का लालच देकर फ्लैट बेच दिये थे ।चार –पांच साल के पश्चात ही फ्लैट व मुख्य पिलर्स में दरारें पड़ने लग गई थीं। निर्माण –सामग्री घटिया होने के कारण। इमारत के निवासियों ने बहुत बार निर्माण विभाग में बिल्डर के विरुद्ध शिकायत दर्ज करवाई व इमारत को ठीक करने की मांग की लेकिन साहब लोगों के कान में जूं भी नहीं रेंगी। परिणामस्वरूप यह हादसा हुआ। सभी निवासी बेघर हो गए ।सड़क पर आ गये। स्वयंसेवी संगठनों की मदद से बिल्डर के विरुद्ध मुकदमा दर्ज कराया। कुछ दिन तक तो उसको जेल में ड़ाल दिया, तत्पश्चात मोटी रकम मिलने पर उसे जमानत पर रिहा कर दिया । वह पुन: धड़ल्ले से इमारतें बना रहा है, कोई देखने –टोकने वाला नहीं है क्योंकि वह मोटी आसामी है।

इधर अभी तक दुर्घटना में अपंग, घायल, कोमा में पडे हुए व बेघर हुए लोगों की सुध लेने वाला कोई नहीं है। सभी संबंधित व्यक्ति हादसे को मात्र छोटी सी दुर्घटना मानकर अपने – अपने कारोबार व दिनचर्या में व्यस्त हो गए। मानवीय संवेदना का लेशमात्र भी अंश किसी में नहीं बचा है। प्रत्येक व्यक्ति बस नोट छापने की मशीन बन कर रह गया है।

शहर में इनदिनों दशहरे की तैयारी जोरों से चल रही हैं। रावण, मेघनाद व् कुम्भकर्ण के पुतले बनाए जा रहे हैं। रामलीला मैदान में इनके दहन की तैयारियां जोर–शोर से चल

रही हैं। मानों इस बार तो समाज से बुराइयाँ दूर करके ही दम लेंगे।

आखिर दशहरे का दिन भी आ गया। सुबह से ही शहर में गहमा–गहमी है। शाम होते –होते रामलीला मैदान में सामान्य जन का मजमा जुट गया। मंच पर समाज के गणमान्य लोग, जिनमें वो तथाकथित बिल्डर भी शामिल था व स्थानीय नेतागण व मीडिया वाले भी बुराइयों के प्रतीक का अंत होते हुए देखने के लिए बिराजमान थे। थोड़ी देर पश्चात मुख्य अतिथि बने नेताजी ने राम का रूप रखे व्यक्ति का मंगल तिलक करके आरती की।

थोड़ी देर बाद रावण का पुतला धू–धू करके जलने लगा और जलने लगे गरीबों व निराश्रितों के सपने और आशाएं। मंच पर उपस्थित सभी गणमान्य जोर–जोर से तालियाँ बजा रहे थे, एक – दूसरे को बधाई देते हुए मिठाई खिला रहे थे, मानो समाज से बुराइयां दूर हो गई हैं और इसका श्रेय इन सभी को ही जाता है।

रावण–दहन

विजय दशमी का था पर्व, चहल–पहल सी थी सर्वत्र
बच्चे, बूढ़े और जवान, जा रहे थे सभी रामलीला मैदान

था बड़ा विहंगम दृश्य उपस्थित, एक ओर थे राम धनुर्धर
और सामने, रावण, मेघनाद व् कुम्भकर्ण के पुतले स्थित।

वहीं भीड़ में, एक छोटा बालक, था ऊँगली थामे निज बड़ी बहिन की
बोला बालक, दीदी बतलाओ, क्यों करते हैं रावण–दहन, समझाओ।

बोली दीदी, रावण प्रतीक बुराइयों का कहलाता है,
कर दहन मानव उसका, बुराइयां खत्म करने का संकल्प दोहराता है।

तभी गूँज उठा एक तीव्र अट्टहास, लगा रावण जीवित है आसपास
बोला रावण, ओ ! अज्ञानी मानव, तुम क्या मुझे जलाओगे

झांको, जरा निज मन के अंदर, तुम मुझको ही पाओगे।
इसीलिए ओ अभिमानी मानव, पहले करो निज–बुराइयों का दहन,

होगा तभी सार्थक तुम्हारा, अन्यथा निरर्थक है ये रावण–दहन।
निरर्थक है ये रावण दहन! निरर्थक है ये रावण–दहन!